媽媽幫我洗澡，
泡泡裡的那個人
就是本大爺我啦。

我打架打輸了，
媽媽很溫柔的
安慰我。

扮成耶誕老人的
媽媽。

你是不是想問我，
我˙ㄌㄜ爸爸在哪裡？
我˙ㄌㄜ爸爸呀，
到現在還是個祕密，
但是有一天，
我會跟大家
公開
這個祕密˙ㄌㄜ。

怪傑佐羅力之媽媽我愛你

文·圖 **原裕** 譯 周姚萍

照片裡的這位，就是佐羅力大師在天堂的媽媽呀？
是啊，今天是我媽媽的生日，嗚，媽媽——
佐羅力大師的媽媽看起來好溫柔喔。
我與媽媽的珍貴回憶相簿

哎呀呀，出了什麼事啦？和以往完全不一樣耶，佐羅力竟然含著眼淚，唱著悲傷的歌曲出場呢。

今天是媽媽的生日，
我永遠都不會忘記，不管是
傷心的時候、孤單的時候，
一直、一直、一直
都陪伴在我身邊的
媽媽呀——

請原諒不聽話、愛搗蛋的壞小孩，讓溫柔的媽媽傷透腦筋的壞小孩佐羅力。媽媽已經到天堂去了，想要孝順也沒辦法啦！

媽媽——嗚！

聽了佐羅力悲傷的歌聲，連伊豬豬和魯豬豬也忍不住擦著眼淚。這時，遠方傳來呼救的聲音。

「快來人哪！救命啊——！」

山坡上有一輛嬰兒車，以驚人的飛快速度朝著佐羅力他們衝過來。

糟了呀！
嬰兒車上面有個
小嬰兒耶。
伊豬豬、魯豬豬，
我們一起
把那輛嬰兒車
擋住吧。

佐羅力他們三人
排成一列，張開雙手，
挺起腰，張開雙腿，
站穩腳步，擋在路中央。

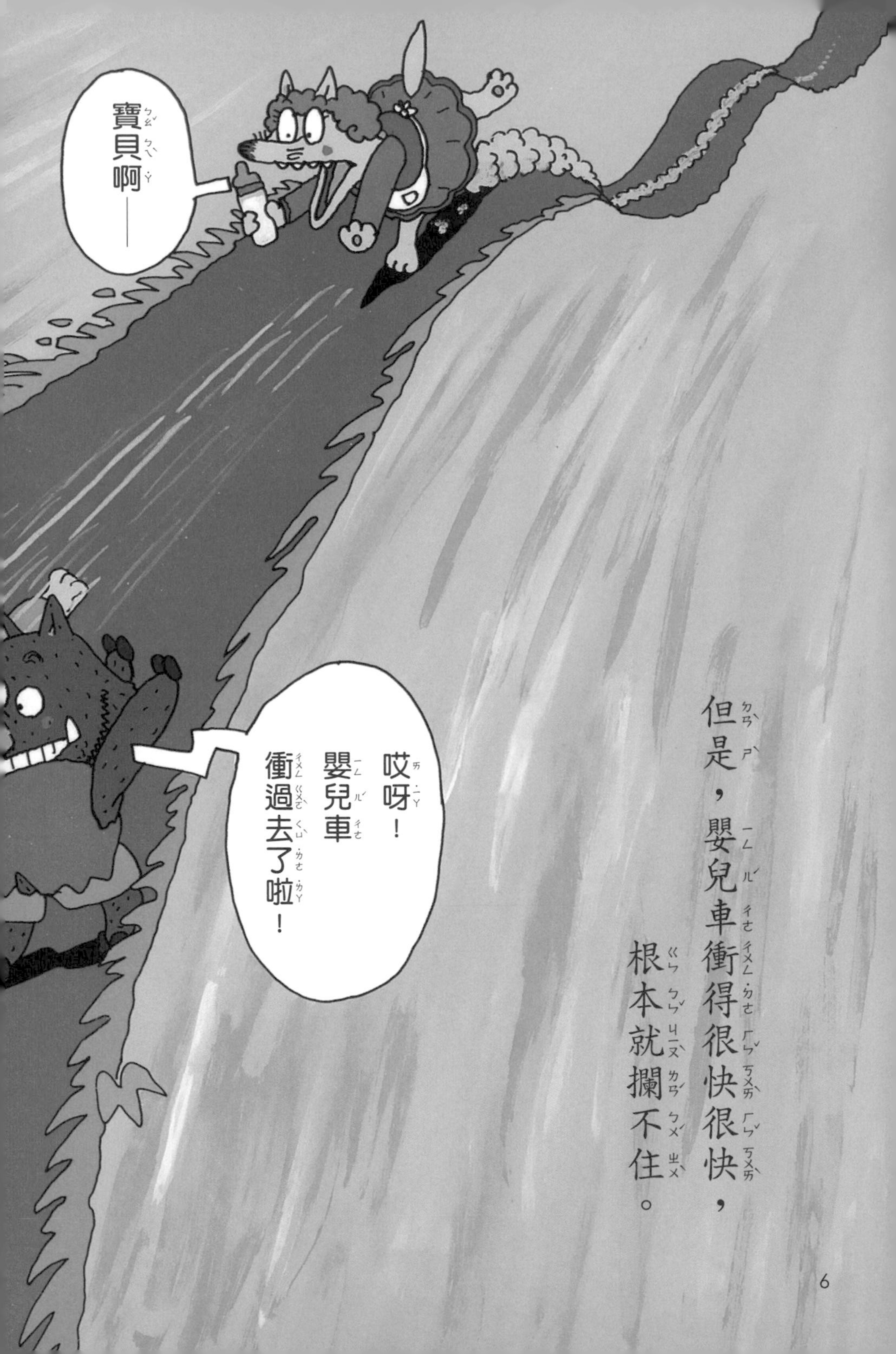
寶貝啊——
哎呀！嬰兒車衝過去了啦！

但是，嬰兒車衝得很快很快，根本就攔不住。

嬰兒車壓扁了佐羅力，還是不停的繼續向前衝。
佐羅力大師，您還好吧？
超輕柔
紙尿褲

小嬰兒的媽媽飛奔而來，在佐羅力他們面前放聲大哭。

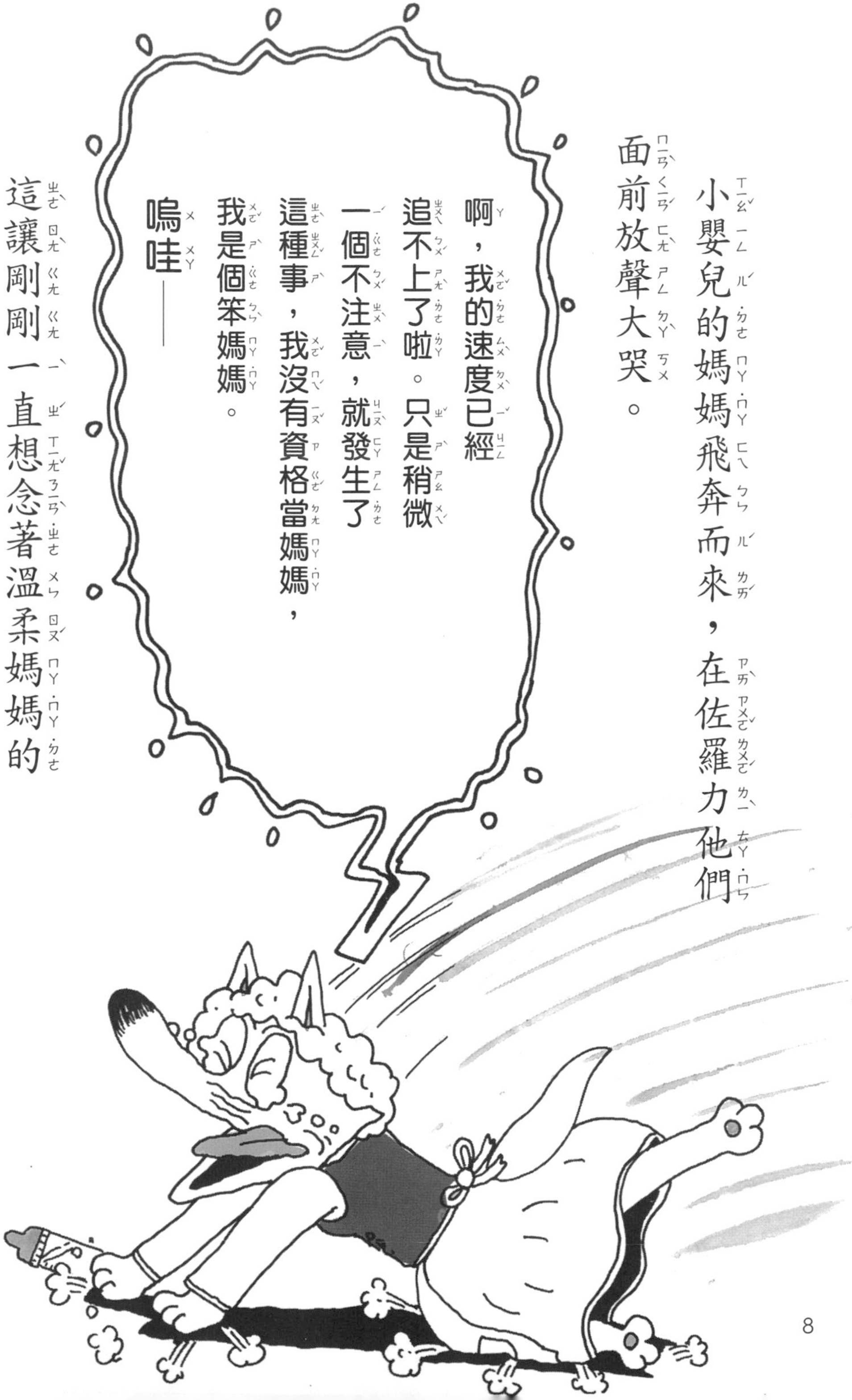
啊，我的速度已經追不上了啦。只是稍微一個不注意，就發生了這種事，我沒有資格當媽媽，我是個笨媽媽。
嗚哇——

這讓剛剛一直想念著溫柔媽媽的

佐羅力，根本沒辦法放著這位媽媽不管。

「不要隨便說放棄就放棄，佐羅力大爺我一定會把你的小寶貝安全送回你身邊的。」

「那就請您要快一點哪，這條路通往一條很寬廣的大河，如果嬰兒車繼續往下衝，我的寶貝就會掉進河裡……」

「這下糟了，喂，伊豬豬，你趕快先去把那輛嬰兒車攔下來，別讓它衝進河裡。」佐羅力說著，同時砰的一聲把伊豬豬往前用力一推。

哇啊啊啊——！

伊豬豬以非常快的速度往山坡底衝下去。

「那個傢伙是本大爺的小跟班，有雙飛毛腿，跑起來快得嚇人，一定能在嬰兒車掉進河裡之前追上它，你放一百二十個心好了。」

「真的耶，照那種速度應該不會有問題的。」

小嬰兒的媽媽鬆了一口氣，然後開始說起事情為什麼會變成這樣。

今天，我們搬家，搬到
位在這座山頂的
新房子。

孩子的爸爸不停的拚命工作，
努力存錢，終於擁有了
屬於我們的新房子。
費盡千辛萬苦，總算蓋好我們一家三口
夢寐以求的新家，很美吧！

我等著小寶寶的爸爸搬東西過來時，跑進屋子裡泡牛奶，沒想到才離開一下子而已——
啊！小寶貝！
嬰兒車竟然往山坡下衝去。
沒想到會發生這種事，我、我……嗚——！

小嬰兒的媽媽又開始哭了起來。

「好了、好了，本大爺對媽媽的眼淚實在很沒輒耶。這件事就包在佐羅力大爺我的身上吧！我一定會救回你的小寶貝，並且平安的帶回你身邊，放心放心。」

「謝謝您。如果方便的話，也請幫我餵我的小寶貝喝牛奶。」

「沒問題。包在我身上。」

佐羅力接下了媽媽手中的奶瓶。

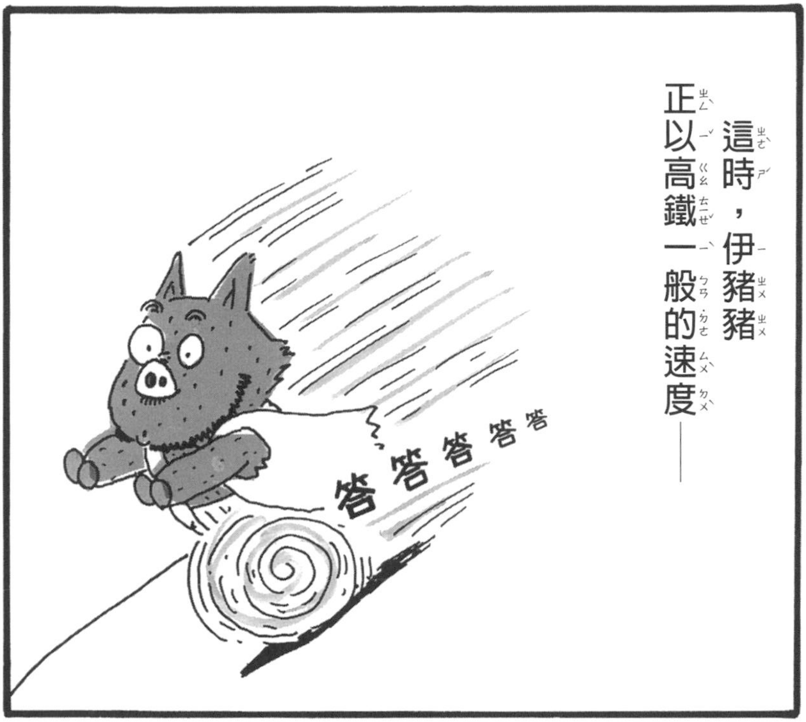
這時，伊豬豬
正以高鐵一般的速度——
答答答答

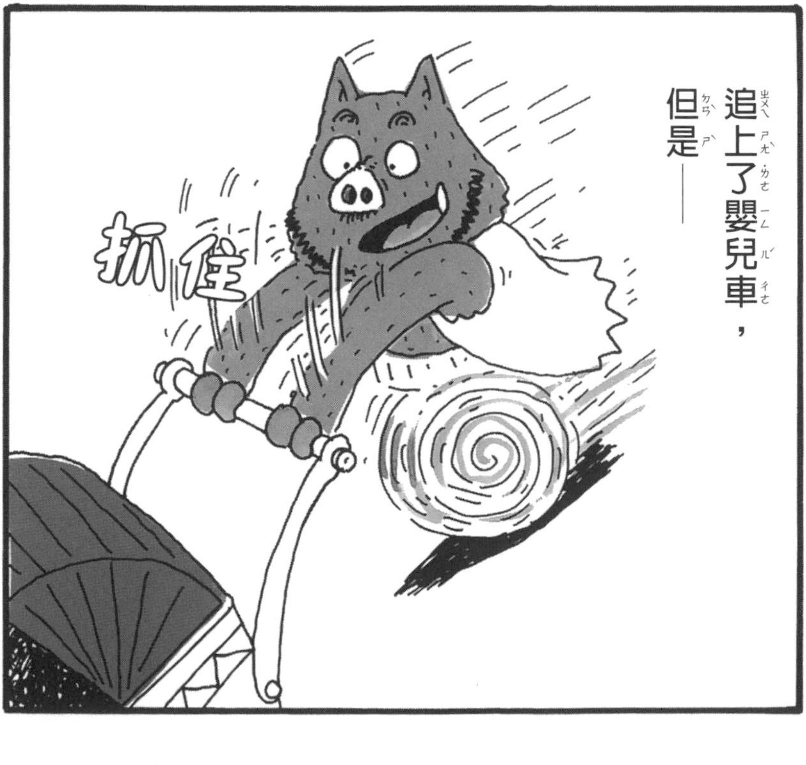
追上了嬰兒車，
但是——
抓住

嬰兒車衝力實在太猛了，停也停不下來，於是伊豬豬就這樣抓著嬰兒車，一起掉進了河裡。

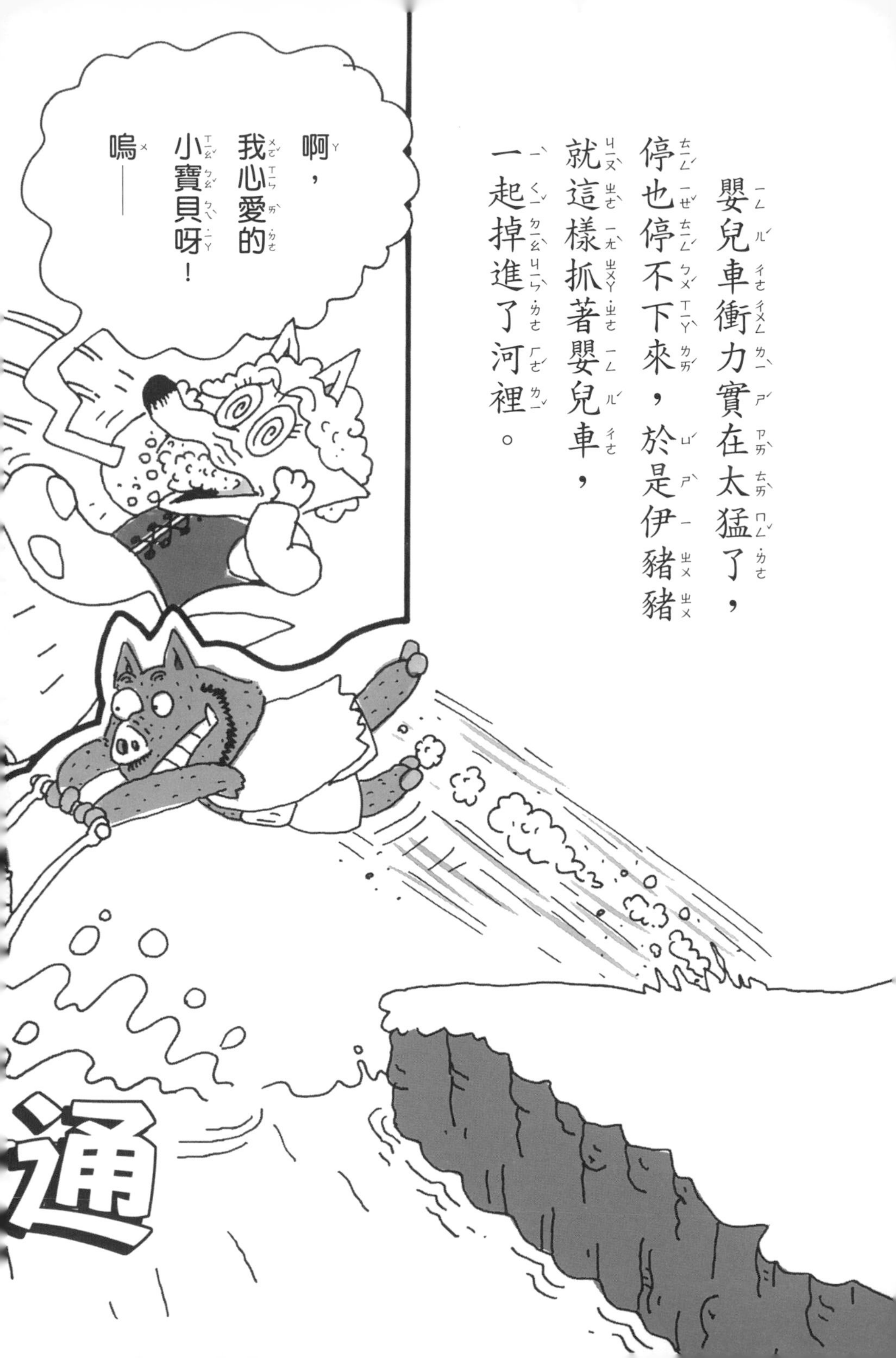
啊，我心愛的小寶貝呀！嗚——
通

小嬰兒的媽媽嚇到兩腿發軟，昏倒了。

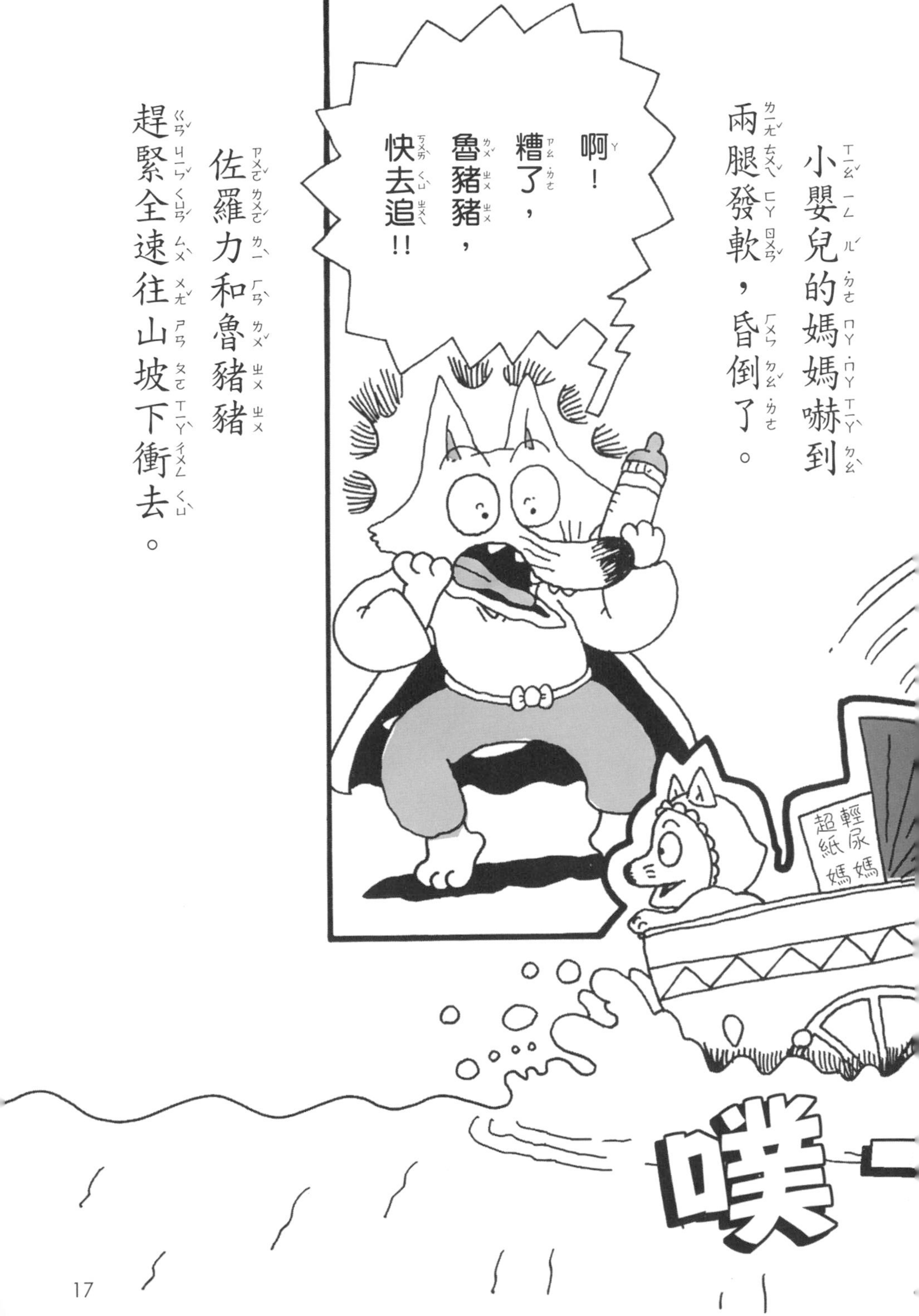
啊！糟了，魯豬豬，快去追!!
超輕紙尿媽媽
噗—

佐羅力和魯豬豬趕緊全速往山坡下衝去。

佐羅力他們
跑到河邊時，
嬰兒車正在河裡
漂哇漂的。
伊豬豬也毫髮無傷的
緊緊抓住嬰兒車的
推桿。

「太好了，太好了，
要是不小心讓小嬰兒
溺水，本大爺就沒臉
再回去見那位
小嬰兒的媽媽了。」
「可……可是，佐羅力大師，
你……你看那裡！」
佐羅力往魯豬豬手指的
方向看去——

轟轟轟轟轟——！

一道超級大瀑布正在前方等著伊豬豬他們呢。

要是掉進瀑布底下的深潭，那一定會淹死的。

「這……這下傷腦筋啦！」

佐羅力實在太緊張了，他的手不由自主，緊緊的握著那個奶瓶。

「對了!!」

「佐羅力大師，現在不是慢慢享用牛奶的時候哇，小嬰兒和伊豬豬就快要掉進瀑布裡了呀。」

「等等，別急別急。」

佐羅力找到了一條長長的藤蔓。
將它緊緊的纏繞在奶瓶的前端，然後大聲的說……
伊豬豬——抓緊嬰兒車，然後把你的臉朝向我這邊——

伊豬豬照著佐羅力
大師的話
去做。
佐羅力
馬上
對準了
伊豬豬，
用盡了
全力

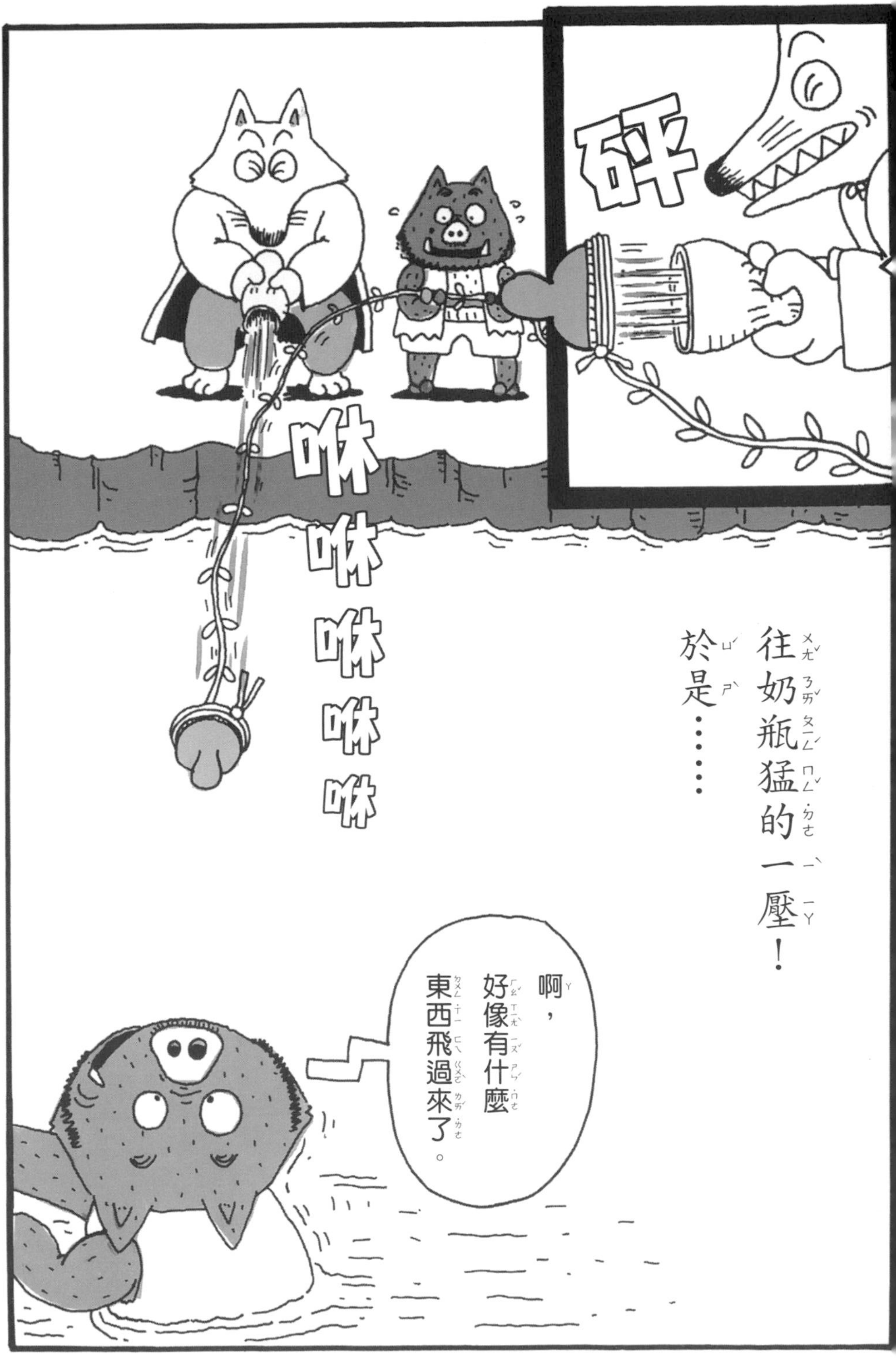
砰
咻咻咻咻咻
往奶瓶猛的一壓！
於是……
啊，好像有什麼東西飛過來了。

嘶碰——
奶瓶上的奶嘴
正好命中了
伊豬豬的
鼻孔，
但是，這是
要做什麼呢？
嬰兒車都已經

要被衝進瀑布下的深潭裡了。

「成功了！魯豬豬，快用吃奶的力氣，跟我一起用力拉住這條藤蔓——」

佐羅力漲紅了臉，拚了命的放聲大喊。

就在嬰兒車隨瀑布衝下的前一秒……
用力用力用力
伊豬豬和嬰兒車一起飛上半空中
咻～～！
然後安全的落在岸上。
砰咚

「啊，兩個人都沒事，真是太好啦。」
佐羅力從嬰兒車裡抱起小嬰兒，
安心的說著。
這時，魯豬豬卻說：
「佐羅力大師，伊豬豬的樣子怪怪的耶。」

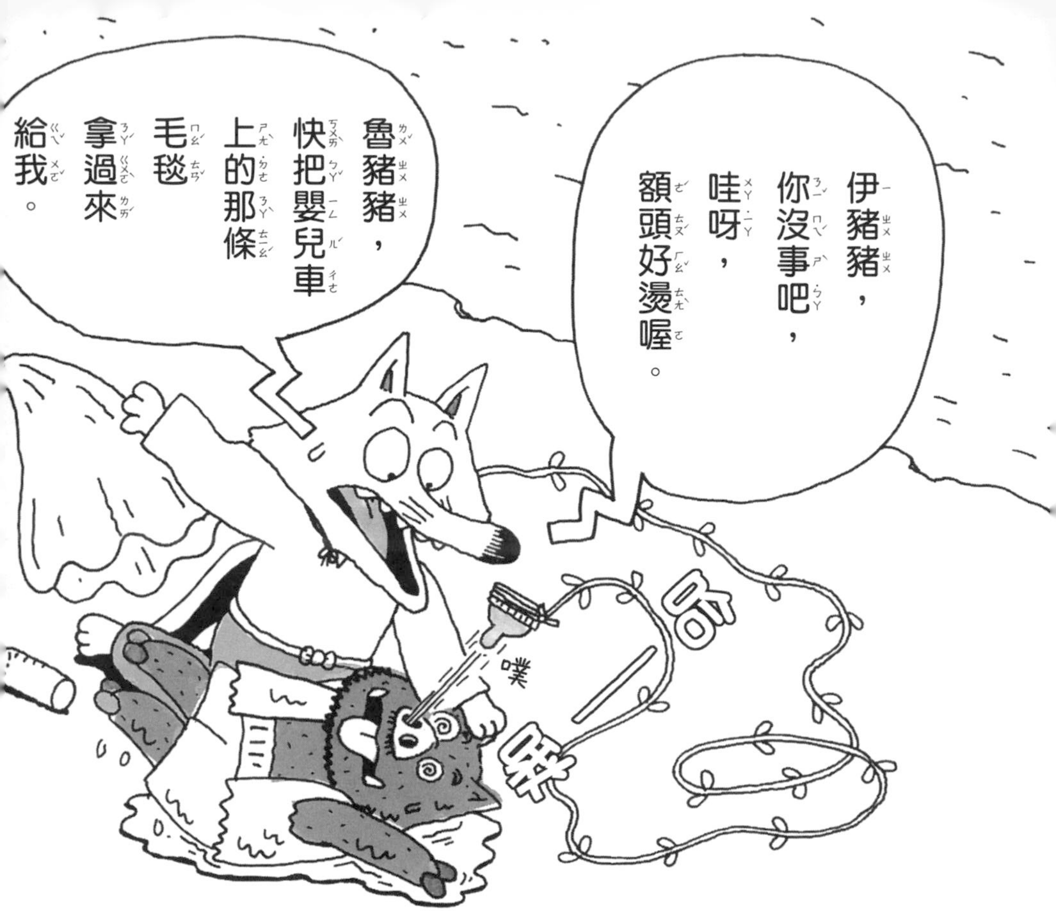
伊豬豬，你沒事吧，哇呀，額頭好燙喔。
魯豬豬，快把嬰兒車上的那條毛毯拿過來給我。
噗

伊豬豬大概是因為在冰冷的河水裡泡太久的關係，似乎著涼了。

伊豬豬發著高燒，全身燒燙燙。

當佐羅力他們正忙著照顧生病的伊豬豬時，小嬰兒爬呀爬的爬走了……

哎呀——
小嬰兒笑嘻嘻的爬上一座已經腐朽、快要斷掉的吊橋。
啪

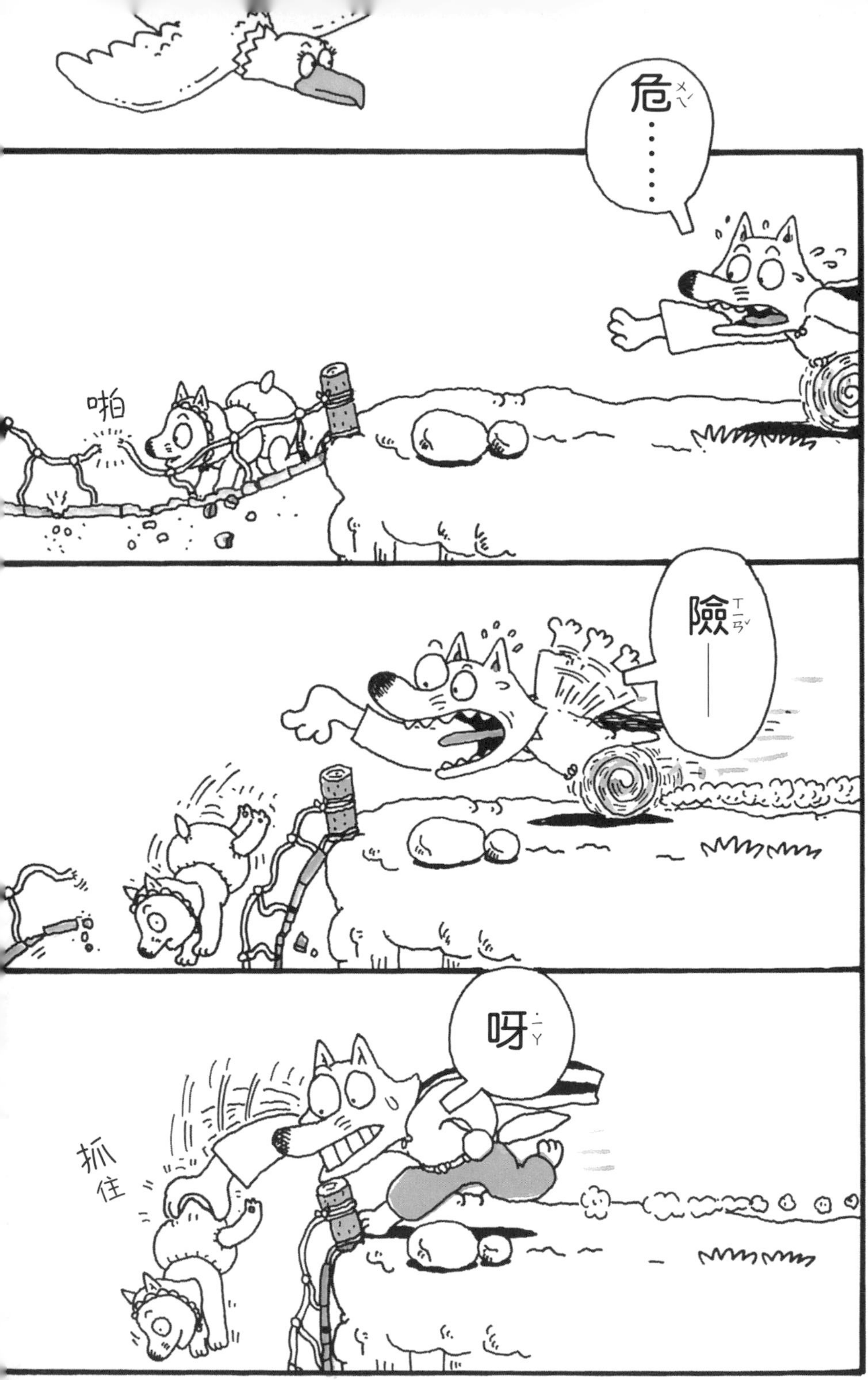
危ㄨㄟˇ……
啪
險ㄒㄧㄢˇ——
呀ㄧㄚ
抓住

太酷了！佐羅力一把抓住紙尿褲，救了小嬰兒一命。

這時候，後方傳來了魯豬豬的大叫聲：

「喂——快把伊豬豬放下來呀！」

佐羅力一轉頭，看到伊豬豬竟然連同裹著他的毛毯，被老鷹給抓著，飛上天空了。可能是老鷹想把伊豬豬當成食物，所以在空中就盯上了他。

「伊豬豬——」

魯豬豬抬頭望向天空，一邊揮舞著手，一邊對著老鷹丟石頭。

但是，不管怎麼努力，老鷹已經飛得又高又遠了。

接著，更慘的是，小嬰兒居然從佐羅力所抓住的紙尿褲中，整個人一溜，咻的往深谷掉了下去。

「哇——佐羅力大師——
怎麼辦哪！」
魯豬豬只管在那兒急得團團轉，
一邊又哭又叫。

佐羅力盯著手裡的
紙尿褲看，突然，
想到了一個好方法：

就這麼辦！本大爺
真是太聰明啦。
魯豬豬！快把嬰兒車裡所有的
紙尿褲全都拿過來，
穿在身上——

魯豬豬根本弄不清楚要幹麼，就跟佐羅力將所有的紙尿褲各分一半，然後一件件穿上身。

兩個人的屁股因此變得又肥又大，看起來實在好遜。

「這樣就行了，現在應該還來得及。魯豬豬，我們去救小嬰兒了，走！」

佐羅力奮力往谷底一跳。

「哇！佐羅力大師，我雖然不知道您在想什麼，但是不管您到哪裡，我都會跟著您的，嘿咿！」

魯豬豬也跟著佐羅力往下跳。

咻——！

佐羅力他們

很快就追上了小嬰兒。

佐羅力一把抱住小嬰兒，

然後——

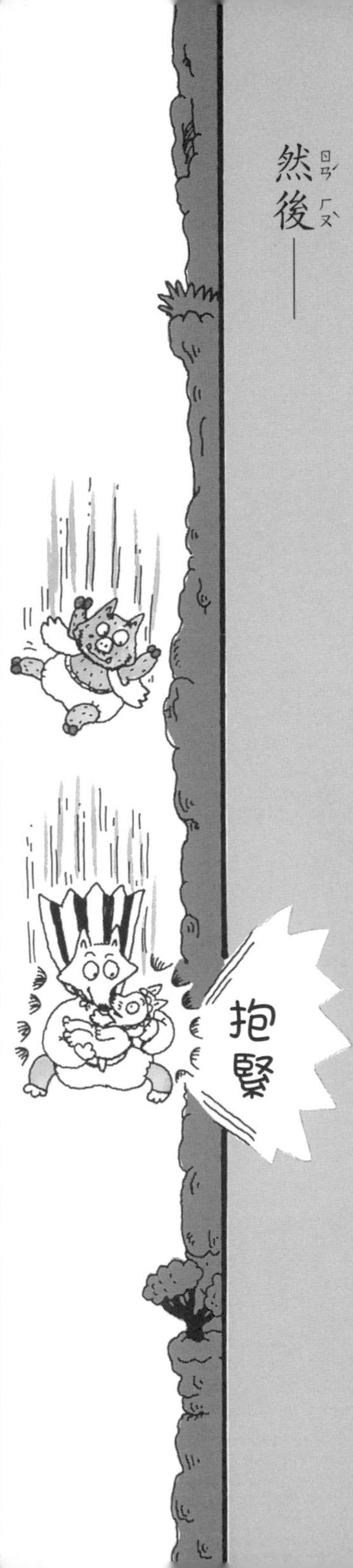

就這樣往谷底掉下去。

佐羅力他們到底能不能平安脫險呢？

當然沒問題啦！又蓬鬆又軟的紙尿褲變成軟墊，所以他們安全著陸了。

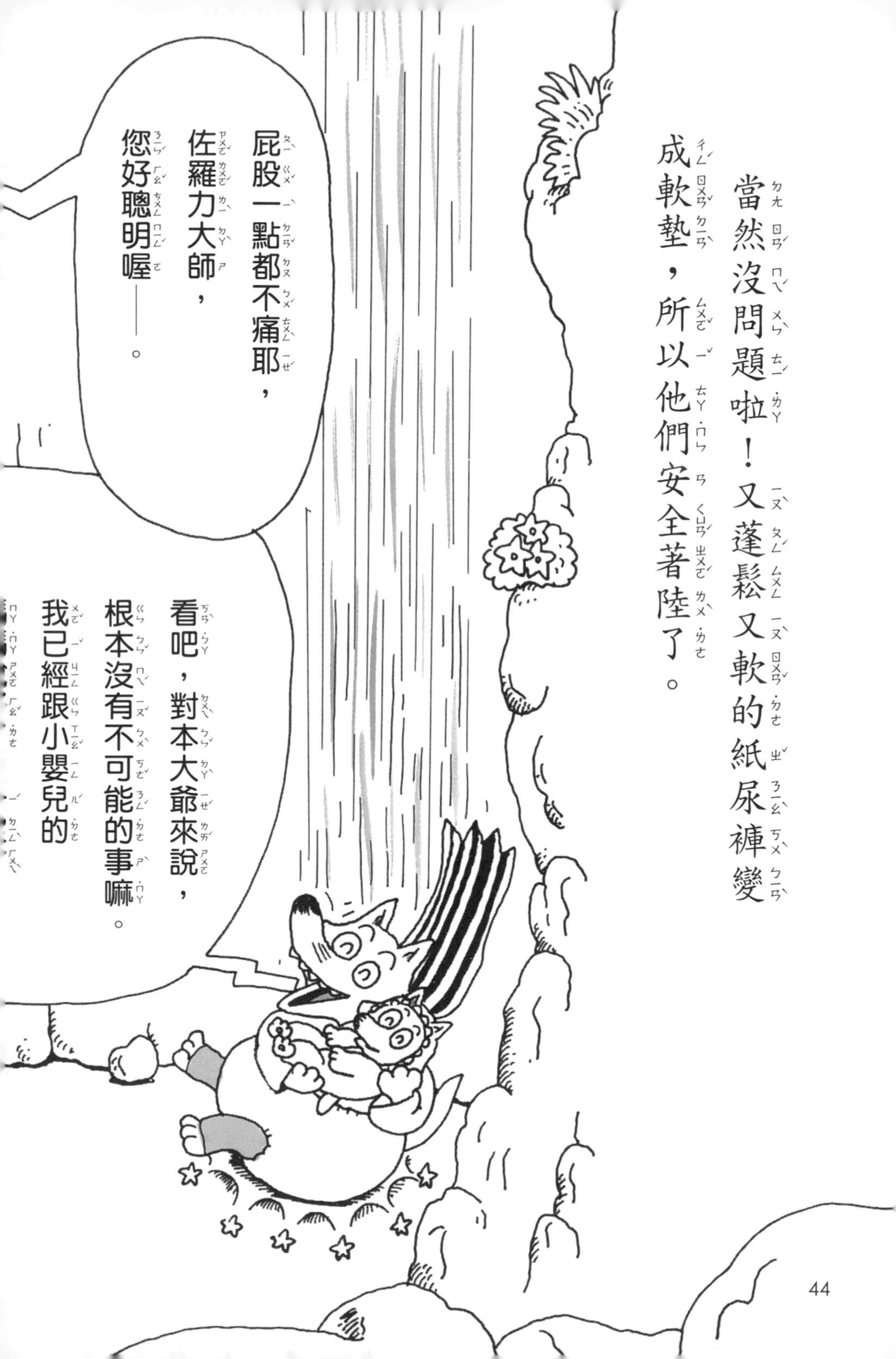
屁股一點都不痛耶，佐羅力大師，您好聰明喔——。
看吧，對本大爺來說，根本沒有不可能的事嘛。我已經跟小嬰兒的

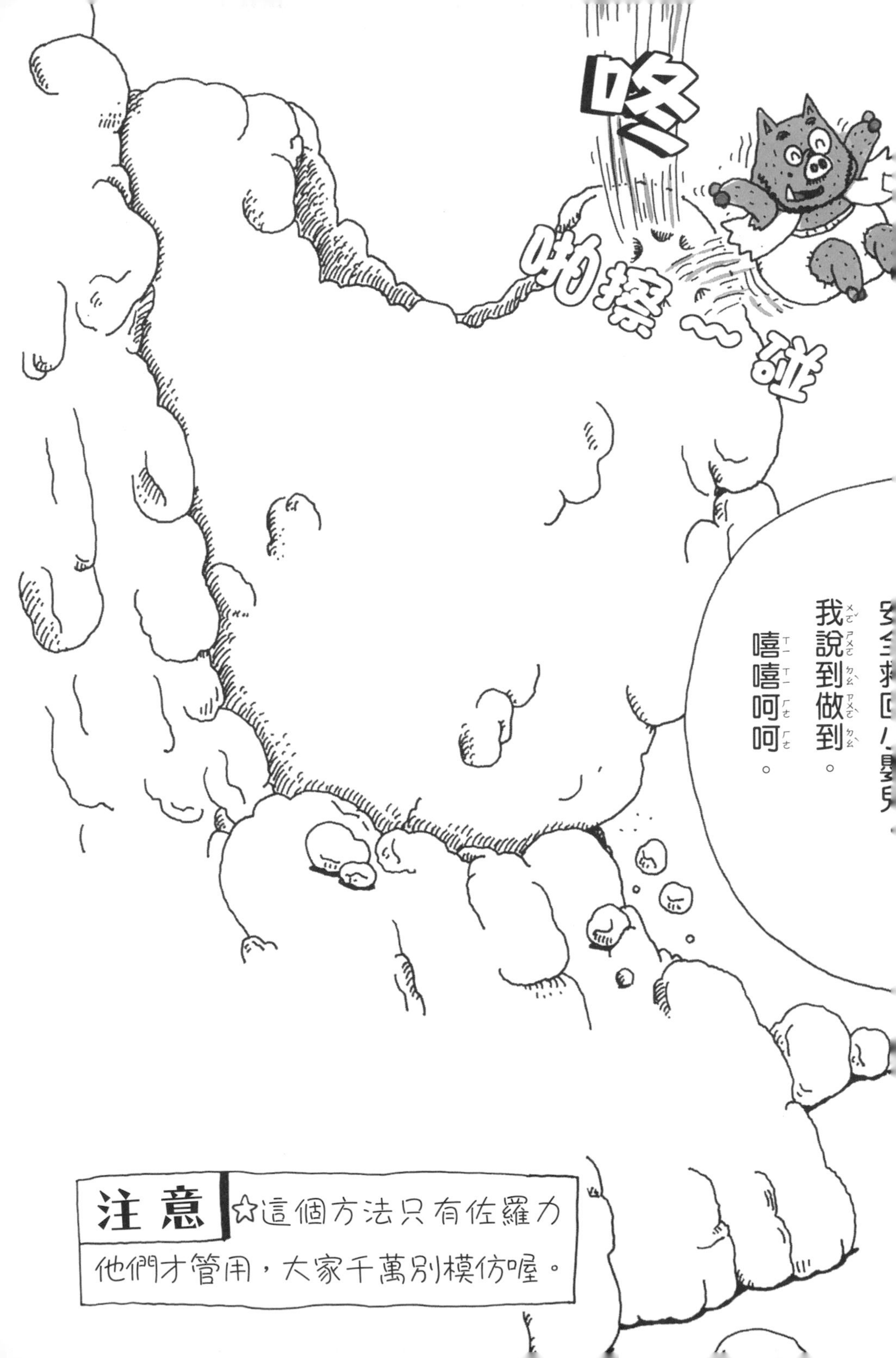

注意 ☆這個方法只有佐羅力他們才管用，大家千萬別模仿喔。

等……等等，那塊大岩石看起來怪怪的耶。魯豬豬，你剛剛是不是撞到它了？
沒、沒有啊，我只有屁股輕輕的碰到一下而已呀。

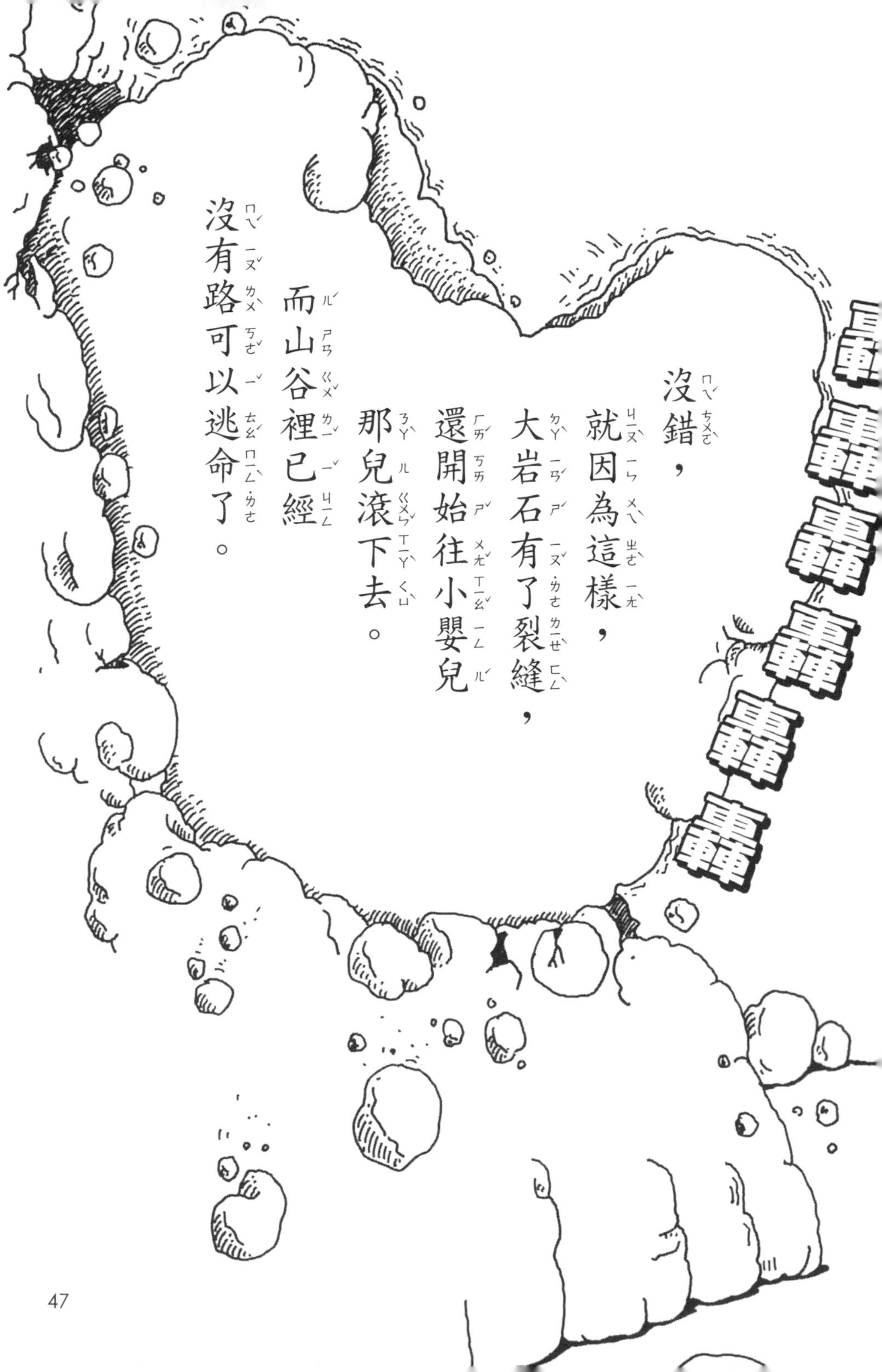

沒錯，
就因為這樣，
大岩石有了裂縫，
還開始往小嬰兒
那兒滾下去。
而山谷裡已經
沒有路可以逃命了。

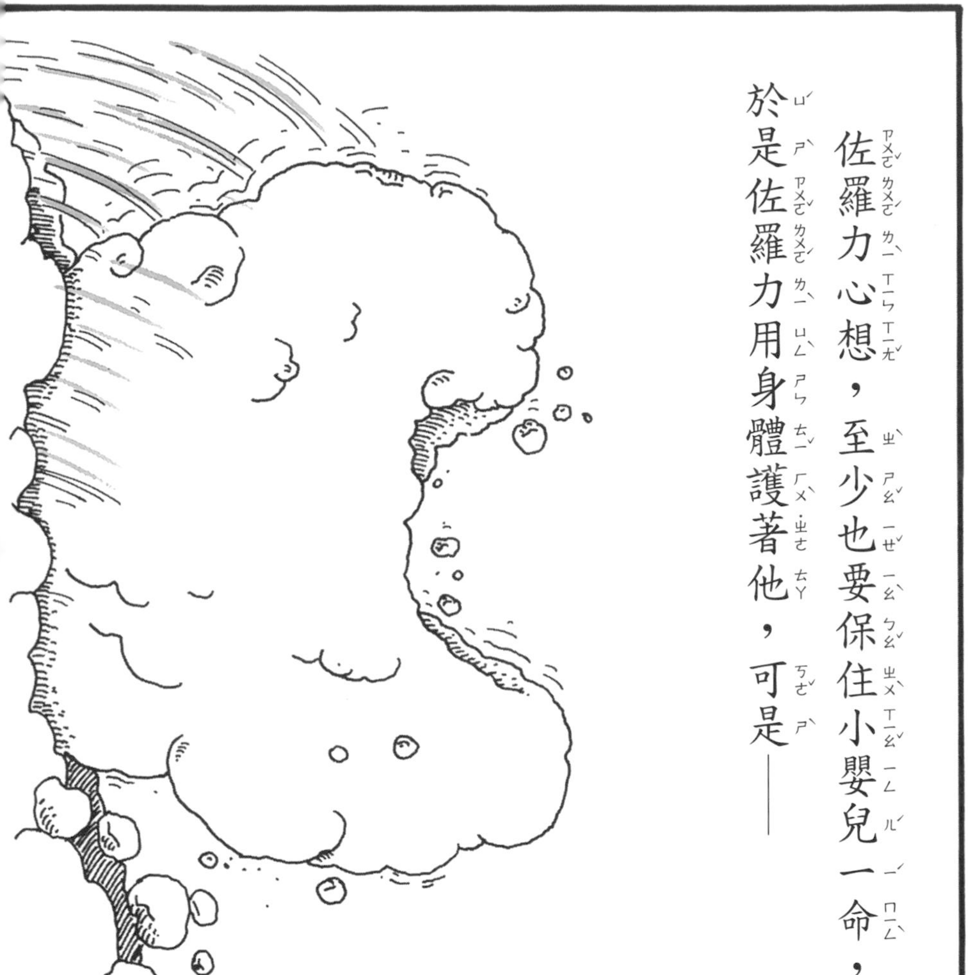
佐羅力心想，至少也要保住小嬰兒一命，
於是佐羅力用身體護著他，可是——

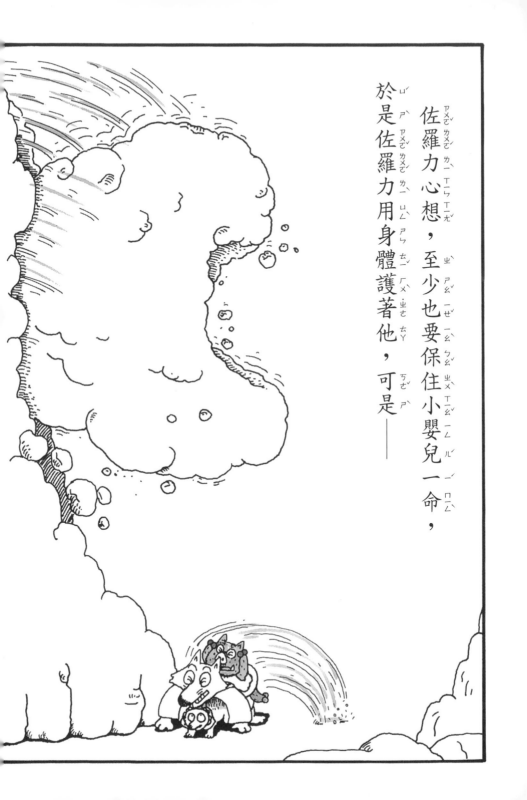

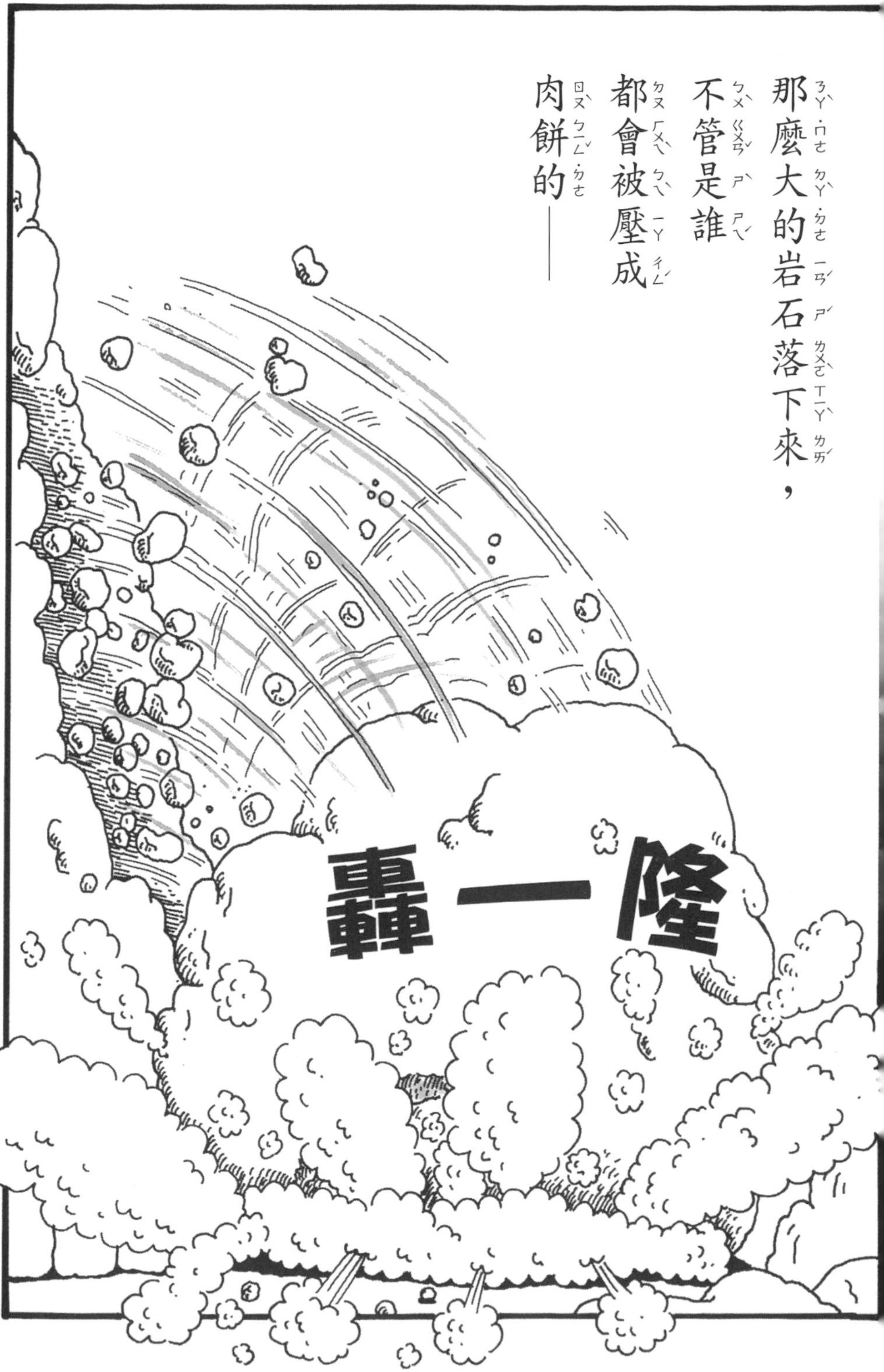
那麼大的岩石落下來，
不管是誰
都會被壓成
肉餅的——
轟—隆

——不過還好沒事。佐羅力他們正好位在落下的岩石凹洞裡，因此驚險的撿回了三條小命。

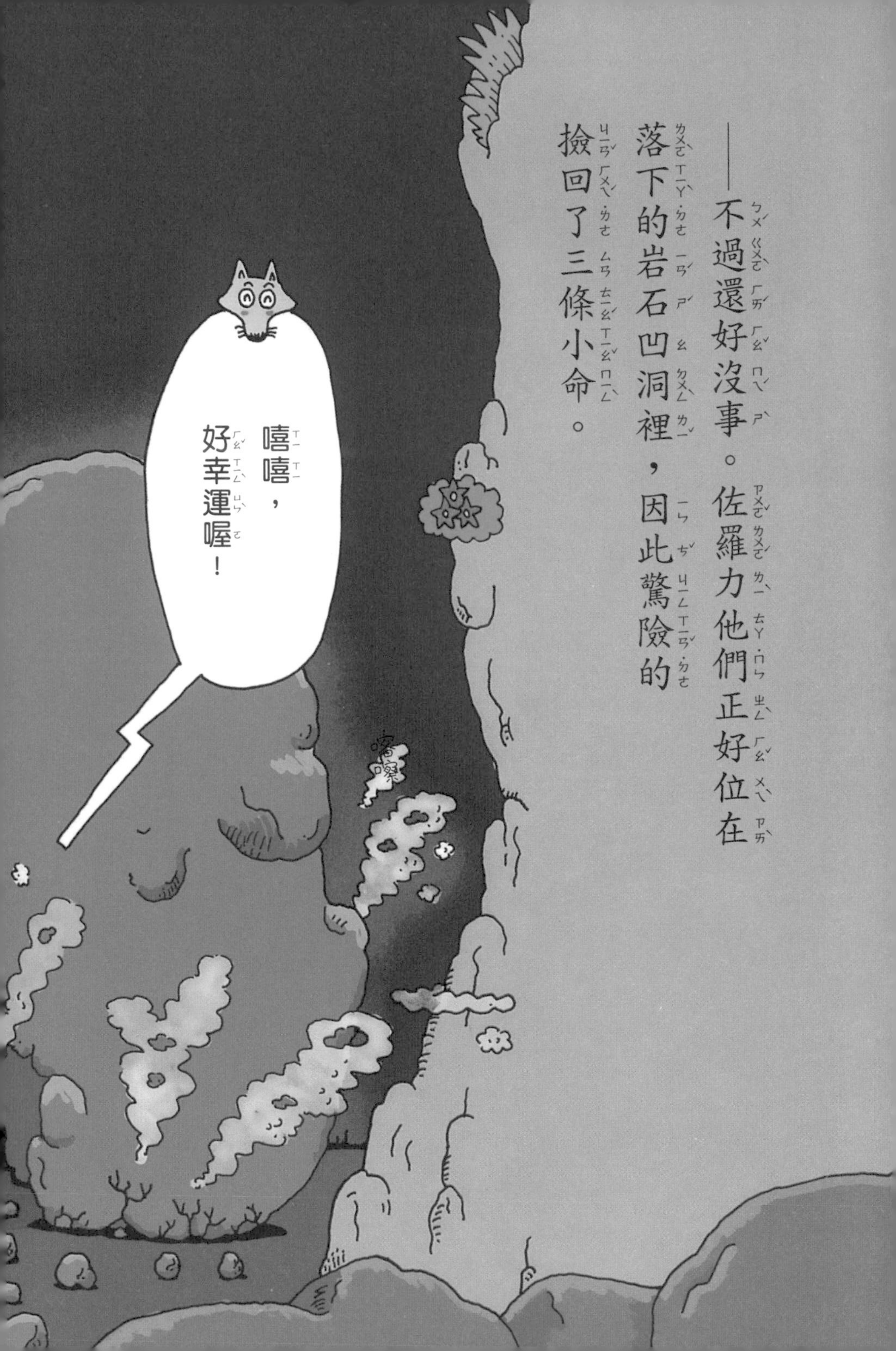

哎呀，佐羅力大師，你看那邊，那些亮晶晶的東西是什麼呀？
一閃一閃亮晶晶
唔
咦？
什麼？
哇哇哇啊！

佐羅力一看到那些閃閃發亮的東西，立刻變得精神百倍，往岩山上衝去。

是……是金銀財寶哇！在這一頁之前，我們吃了好多苦哇，不過，這座珠寶山卻讓我的疲憊一下子全不見啦。

媽媽，要是有了這些寶藏，
就算是建造一百座佐羅力城，
不，說不定連兩百座佐羅力城
都蓋得成呢！這樣一來，
我就能在全國各地，
開起佐羅力城的
連鎖店了。
嘻嘻呵呵嘻嘻。

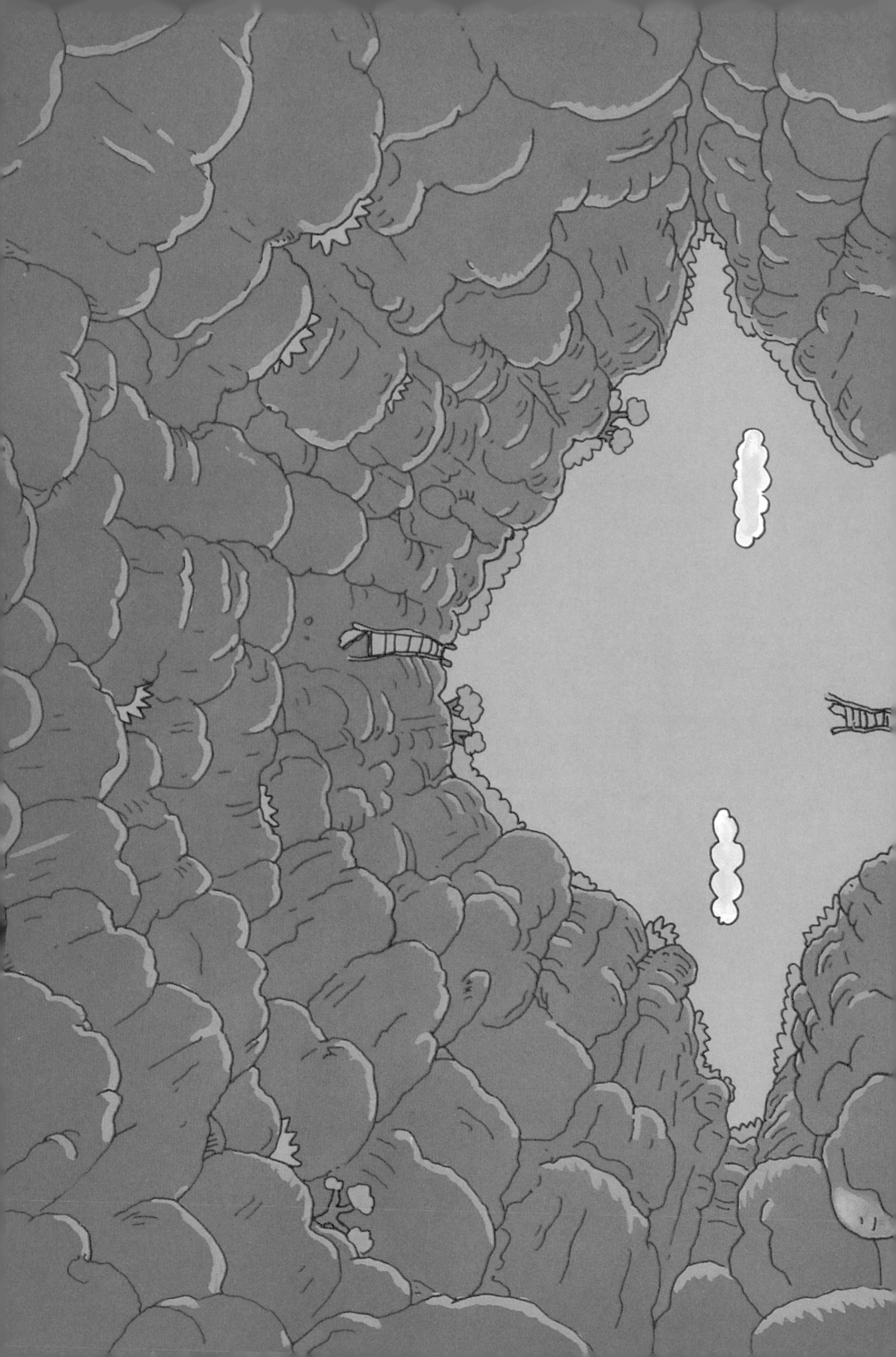

佐羅力大師，這麼深的山谷，我們要怎麼爬上去呀？
你在說什麼呀？為了佐羅力城，我們得想盡辦法帶走所有的財寶，一次又一次的爬上山壁去。
在所有的金銀財寶全都運完之前，就先別管那個小嬰兒了。來，魯豬豬，你也過來幫忙。
可是我的肚子好餓喔，全身無力，軟趴趴的。

餓得受不了的，不只是魯豬豬，小嬰兒也餓得要命，很想要喝牛奶。

小嬰兒大聲的哭著，那哭聲實在太淒慘了，整座山谷都響起了回音。旁邊的岩石因此都開始裂開了。

佐羅力趕緊抱起小嬰兒，拚命哄著他，但是這麼做，對肚子很餓的小嬰兒來說，一點用處也沒有，所以小嬰兒還是繼續哭個不停。

最後，山谷發出轟然巨響，開始崩塌。

「天哪，不會吧，難道本大爺就這樣和金銀財寶一起被埋在這座山谷裡了嗎？」

我連一座佐羅力城
都還沒蓋成，竟然
就要死在這裡啦。
媽媽——
請您原諒可憐的我呀。」

當佐羅力抬頭看著媽媽
所在的天堂時……

一隻老鷹從空中飛了下來，他的背上正坐著——
是伊豬豬！伊豬豬他還活著！！

佐羅力大師——我來救你們了！大老鷹可以載著大家逃出山谷！
嘿，伊豬豬，你沒事啊，你剛剛到底跑到哪裡去了呀？
哇啊啊啊——嗚啊啊啊——

伊豬豬
平安獲救的精采故事
我被帶著飛往
老鷹的巢，巢裡有
一顆蛋。
今年的山上很冷，
老鷹雖然努力孵蛋，
卻一直孵不出小老鷹。

所以老鷹才偷走毛毯，想讓蛋暖和一些，能夠早點孵化。不過，跟毛毯比起來，我發燒的溫度更高，就這樣——
交給我吧，嗚～
劈哩 劈哩
蛋馬上就孵化了。老鷹很開心，說要謝謝我，所以我就請她載我找到佐羅力大師啦。
寶貝出來啦～
我的高燒好像也退了耶。
要說明請等一下再說啦，再不快點救我們出去，本大爺我會被埋起來呀——
哇啊！

貪心的佐羅力一知道會得救，就拚命拿了一大堆珠寶，然後跨上老鷹的背。

但是，四個人再加上珠寶，實在是太重了，老鷹連一公分也飛不起來。

「喂，不快點飛，大家都會被活埋呀。」

「這麼重，
我再怎麼
拚命，也
飛不起來呀。」
「好，好，那就把珠寶扔掉，
這樣總可以了吧？」

嘎啦嘎啦
這樣還是飛不起來嗎？
嗚哇哇
不行，不行要再多丟一些。
咚咚咚咚
只帶走這麼一點點，應該可以了吧？
嗚哇哇
不行，還是太重啦。

好啦，知道了。命比較重要，珠寶乾脆全部丟掉，這下子總行了吧，全丟了!!
佐羅力發火了。

老鷹好不容易總算飛了起來——
嗚哇哇
飛了，飛了。
啪答
啪答
啪答
搖搖晃晃的朝山谷出口匆忙飛去。

老鷹載著四個人飛出山谷的那一瞬間，

轟隆轟隆轟隆

山谷崩塌了，金銀財寶全部被埋了起來，消失得無影無蹤。

你這個豬豬～
真好，還活著耶
嗚嗚～
嗯，豬豬～
哇啊啊～～
啊～～
本大爺的
金銀財寶被埋了，
這下子，蓋佐羅力城
的本錢，
全都沒了～
嗚嗚，
本大爺也
好想哭啊，
嗚啊啊～
喂，你們可不可以安靜一點哪——

現在非得將小嬰兒帶回他的媽媽身邊
不可了。

「是……是在哪裡呀？你們說的小嬰兒的家。」

「如果沒記錯的話，小嬰兒的媽媽說過，
他們的家，是位在山頂的新房子。
聽說是這個小嬰兒
的爸爸努力工作、
拚命存錢，
好不容易

才蓋起來的。」

「沒錯沒錯。家是男人的城堡，能夠蓋起自己的家真是一件不容易的事。一直沒辦法建造起佐羅力城的本大爺，對於小嬰兒爸爸的辛勞非常非常能感同身受哇。」

「啊，一定是那間房子。」

伊豬豬發現山頂上有一間可愛的房子。

小嬰兒的媽媽一副很擔心的模樣，站在院子那兒。

「就是那間房子嗎？好……」

載著四個人飛，對老鷹來說實在是太辛苦了。最後，她把力氣全部用光，並且昏了過去。

咻——！

老鷹就這樣
載著佐羅力他們，
朝向那間可愛的房子
掉了下去。

「危險——哪!!」

為了不讓小嬰兒
受傷，佐羅力緊緊的
抱住了小嬰兒。

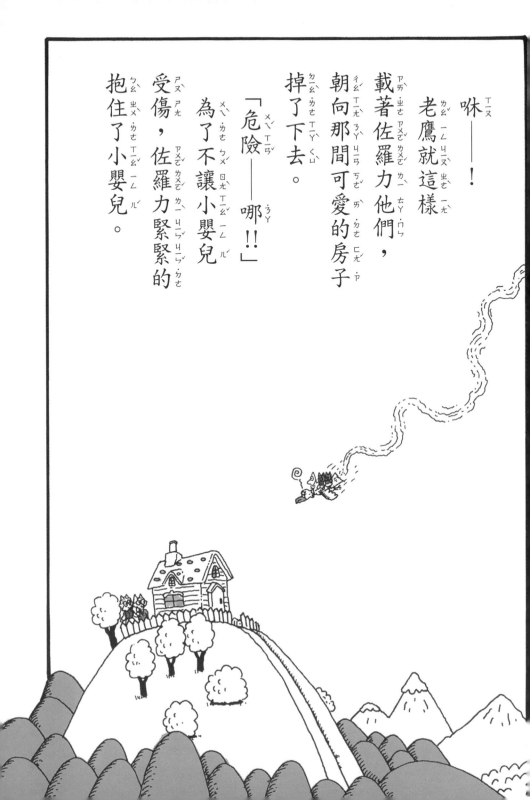

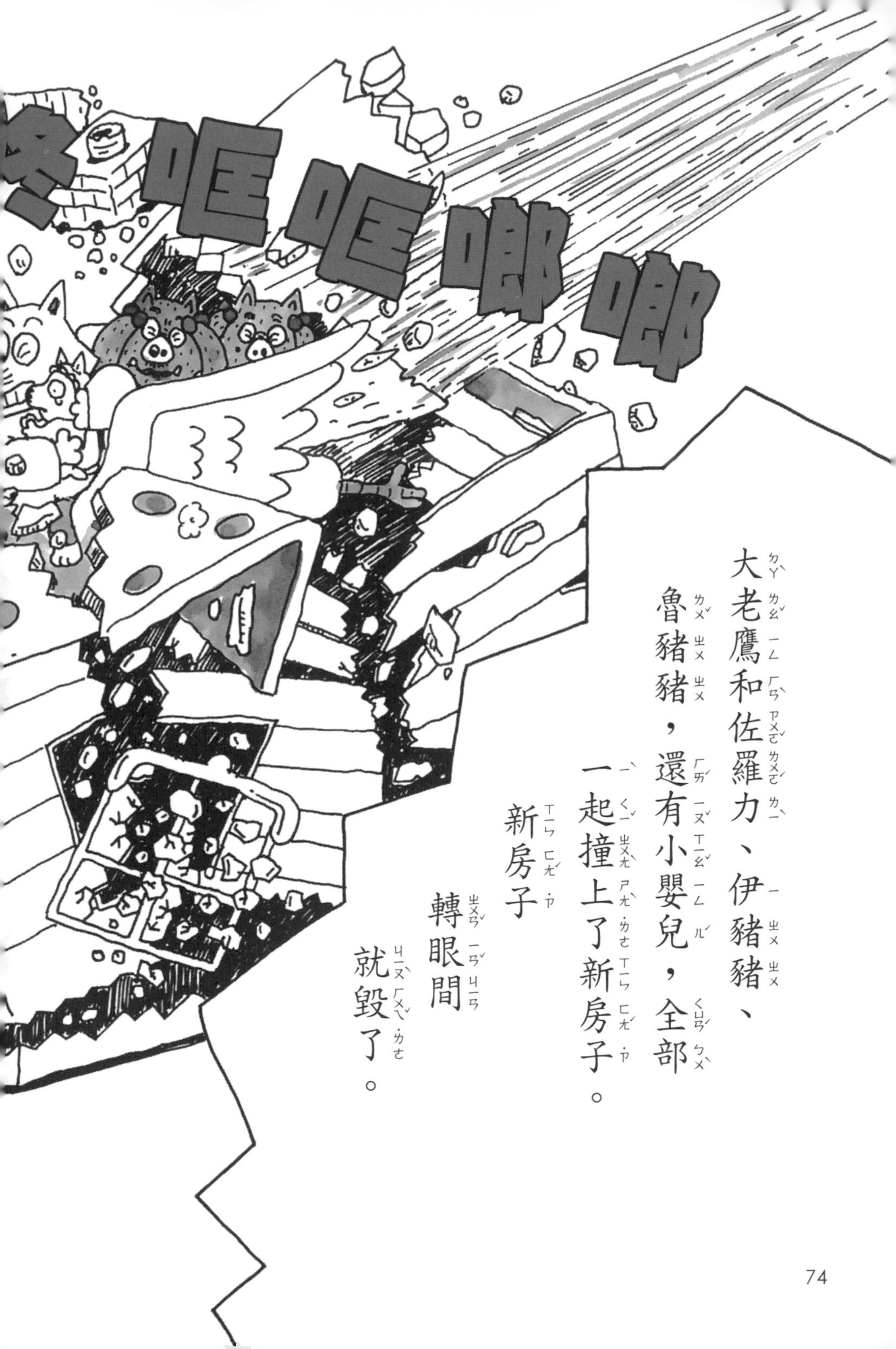

大老鷹和佐羅力、伊豬豬、魯豬豬，還有小嬰兒，全部一起撞上了新房子。

新房子轉眼間就毀了。

碰碰
哇——
到底發生了什麼事？
好不容易才
蓋起來的新房子，
竟然就在我面前被
撞得破破爛爛了！
嗚嗚——！
房子的貸款還沒付清呢。這真是連你爸爸看了也會欲哭無淚，難得一見的經典場面哪。

佐羅力從倒塌的房子裡爬出來，

將小嬰兒交給媽媽。

「本大爺說到做到，

把小嬰兒平安送回你身邊了。」

「啊，佐羅力先生，太謝謝你了。」

媽媽抱著小嬰兒，用自己的臉

輕輕摩蹭著小嬰兒的臉。

「可是，你們重要的新房子，

好像毀了耶。」

「那算不上什麼，
沒有比我們的小寶貝安全回來，
更讓我覺得幸福的事了。
你說是不是啊？老公。」

「是啊是啊，只要好好
打拚，就能再擁有新房子了。
真的很謝謝您救了我們的孩子。」

佐羅力心想，小嬰兒擁有這麼愛他的爸爸和
媽媽，真是幸福哇。

不過，從現在開始，這家人要住在哪裡呢？

他們的新房子已經不能住了。佐羅力感到很擔心。

他走到院子的一角，從紙尿褲裡拿出一顆很大的鑽石。

啊！真不愧是佐羅力大師，把珠寶藏在紙尿褲裡帶出來了。
太棒了!!有了這顆鑽石，就能建造佐羅力城了，真是個快樂的結局呀。

伊豬豬和魯豬豬
高興得又蹦又跳。
但是，佐羅力卻趁著
小嬰兒的爸爸媽媽不注意時，
悄悄的將鑽石
放進小嬰兒的手裡，
讓他握住，
並輕聲的對他說：
「要好好珍惜你的媽媽和爸爸喔。」

「我們正在旅行，也該出發了。所以，
先告辭了。再見啦。」

佐羅力跟小嬰兒的爸爸和
媽媽道別後，很酷的
走下山去。

啊，今天的佐羅力
看起來怎麼這麼帥呢？
雖然他還穿著紙尿褲……

佐羅力大師，請您等等啊！

「那顆鑽石足足有四百克拉耶。」

「換成錢不只可以打造佐羅力城，還有剩餘的錢，可以買章魚燒吃呢。」

伊豬豬和魯豬豬的心裡很不能平衡，不停碎碎唸著這件事。

不過，佐羅力卻閉著眼睛，一句話也沒說。

他就像對天堂的媽媽盡了孝道一般，心裡感到暖洋洋的。

佐羅力先生，您好嗎？我們忘記留下您
的地址，就和您道別了，所以只好拜託
大老鷹和小老鷹幫忙尋找您，並送上這封信。

和佐羅力先生分開後，我們才發現，
孩子的手上竟然握著一顆大鑽石。
因為有了它，我們才能再蓋起一間
漂亮的房子，一家三口也因此能過著
幸福的日子。我們希望把孩子養育成
像佐羅力先生一樣堂堂正正的狐狸男。
請佐羅力先生要好好保重，
也請代為問候伊豬豬和魯豬豬。
期盼
　有再見的一天

小嬰兒的媽媽 筆

啊，是佐羅力先生！
如果那顆鑽石還在，不管是炸豬排飯、漢堡、義大利麵、煎蛋卷，說不定能吃到撐死都沒問題呢——
喂，你們夠了沒呀？把鑽石忘掉吧。伊豬豬，下次我一定會成功的打造出佐羅力城，並讓你吃好吃的東西，吃到膩死為止。

喔！真是好心有好報，你們看，那邊有人掉了一張彩券耶。
真的耶，佐羅力大師，要是彩券中了大獎，就可以蓋佐羅力城了耶。好希望彩券趕快開獎喔。

封底「佐羅力大挑戰」的答案
大家都找到了嗎？

作者簡介

原裕 Yutaka Hara

一九五三年出生於日本熊本縣，一九七四年獲得KFS創作比賽「講談社兒童圖書獎」，主要作品有《小小的森林》、《手套火箭的宇宙探險》、《寶貝木屐》、《小噗出門買東西》、《我也能變得和爸爸一樣嗎？》、【輕飄飄的巧克力島】系列、【膽小的鬼怪】系列、【菠菜人】系列、【怪傑佐羅力】系列、【鬼怪尤太】系列、【魔法的禮物】系列等。

譯者簡介

周姚萍

兒童文學創作者、童書譯者。著有《日落臺北城》、《臺灣小兵造飛機》、《山城之夏》、《我的名字叫希望》等書，譯有【名偵探】系列等。曾獲文化部金鼎獎優良圖書推薦獎、聯合報讀書人最佳童書獎、幼獅青少年文學獎、九歌年度童話獎、好書大家讀年度好書、小綠芽獎等獎項。

特別公開

☆這就是佐羅力撿到的彩券!!　中獎號碼將在第十集的書中公布!!

巨無霸夢想彩券
全國自治
彩券
第1953期
單位10
18組
165333
300
抽獎日期　佐羅力第十集出版時
領獎期間　自抽獎日算起一年以內
原裕銀行發行

注意　這是佐羅力的彩券，如果你對中了，也拿不到任何獎金喔，請特別注意。

怪傑佐羅力之媽媽我愛你

作者｜原裕（Yutaka Hara）
翻譯｜周姚萍
責任編輯｜張文婷
特約編輯｜蔡珮瑤
美術編輯｜蕭雅慧

天下雜誌群創辦人｜殷允芃
董事長兼執行長｜何琦瑜
媒體暨產品事業群
總經理｜游玉雪
副總經理｜林彥傑
總編輯｜林欣靜
行銷總監｜林育菁
資深主編｜蔡忠琦
版權主任｜何晨瑋、黃微真

出版者｜親子天下股份有限公司
地址｜台北市 104 建國北路一段 96 號 4 樓
電話｜（02）2509-2800　傳真｜（02）2509-2462
網址｜www.parenting.com.tw
讀者服務專線｜（02）2662-0332　週一～週五：09:00~17:30
讀者服務傳真｜（02）2662-6048
客服信箱｜parenting@cw.com.tw

法律顧問｜台英國際商務法律事務所・羅明通律師
製版印刷｜中原造像股份有限公司
總經銷｜大和圖書有限公司　電話｜（02）8990-2588
出版日期｜2011 年 5 月第一版第一次印行
2023 年 12 月第一版第二十七次印行
定價｜250 元
書號｜BKCH018P
ISBN｜978-986-241-290-9

訂購服務
親子天下 Shopping｜shopping.parenting.com.tw
海外・大量訂購｜parenting@cw.com.tw
書香花園｜台北市建國北路二段 6 巷 11 號
電話｜（02）2506-1635
劃撥帳號｜50331356 親子天下股份有限公司

親子天下
有聲故事書

國家圖書館出版品預行編目資料

怪傑佐羅力之媽媽我愛你
原裕 文、圖；周姚萍 譯 --
第一版. -- 台北市：天下雜誌, 2011.05
92 面；14.9x21公分. --（怪傑佐羅力系列：5）
譯自：かいけつゾロリのママだーいすき
ISBN 978-986-241-290-9（精裝）
861.59　　100005465

かいけつゾロリのママだーいすき
Kaiketsu ZORORI sereies vol.09
Kaiketsu ZORORI no Mama Da~iSuki

日本熱賣25年，狂銷3,300萬本的經典角色

讓你笑到彎腰、幽默破表的開胃閱讀系列

怪傑佐羅力

連續五年圖書館小學生借閱率前三名

不論遇到什麼困難，佐羅力都絕對不會放棄。我認為懂得運用智慧、度過難關，這種不放棄的精神，是長大進入社會以後最重要的事。

——【怪傑佐羅力】系列作者 **原裕**（Yutaka Hara）

不靠魔法打敗哈利波特的佐羅力

日本朝日新聞社調查幼稚園~國小六年級3,583位小朋友，佐羅力打敗哈利波特，是所有小朋友心目中的最愛！

風靡所有孩子的佐羅力精神

★雖然每次的惡作劇都失敗，卻反而讓佐羅力成為樂於助人的正義之士。
★不管遇到什麼挫折，佐羅力總是抬頭挺胸向前走。
★雖然媽媽不在身邊，卻總是想著媽媽，勇敢面對挑戰，所以佐羅力永遠不會變壞。
★不只故事有趣，藏在書中各處的漫畫、謎題、發明，每次讀都有新發現。

下一本永遠更有趣，讓孩子想一直讀下去

佐羅力雖然很愛惡作劇，卻常常失敗，反而幫助了別人，真是太好笑了！

——台灣．陳稷謙．小三

【佐羅力】系列不僅字體大容易閱讀，還包含很多像漫畫般的插圖，非常適合作為孩子自己閱讀的第一本書。我的孩子是因為看了【佐羅力】，才變得能夠單獨閱讀一本書。

——日本．家長

雖然佐羅力很愛惡作劇，卻很看重朋友，一不小心還會做好事。這點讓女兒覺得很有趣，還讓她聯想到自己與朋友間的關係，甚至產生「佐羅力即使失敗，也會多方思考，絕對不放棄」這樣不怕挫折的想法。

——日本．家長

現在就和佐羅力一起出發！

為了向天國的媽媽證明，自己能夠成為頂天立地的「惡作劇之王」，佐羅力帶著小跟班伊豬豬、魯豬豬，展開充滿歡笑和淚水的修練之旅……

佐羅力

為了讓在天堂的媽媽以他為榮，佐羅力立志成為「惡作劇之王」，勇敢踏上修練之旅。旅途中佐羅力喜歡打抱不平，常有驚人的創意發明，雖然每次惡作劇都以失敗收場，卻陰錯陽差解決難題，搖身變成眾人感謝的正義之士。

伊豬豬、魯豬豬

貪吃的野豬雙胞胎，哥哥伊豬豬右眼和右鼻孔比較大；弟弟魯豬豬左眼和左鼻孔比較大。兩人因為仰慕佐羅力成了小跟班，尊稱佐羅力為大師，卻總是幫倒忙，造成不可收拾的混亂，拖累佐羅力的計畫。

佐羅力的媽媽

溫柔的母親是佐羅力最念念不忘的人，但她在佐羅力小時候就已經去世。由於佐羅力個性迷糊，讓她即使在天堂，卻仍然常常來到人間，關心寶貝兒子的一舉一動，偶而還會偷偷幫助佐羅力，是一位愛子心切的好母親。

如果媽媽還在，我想製造出這樣的機器來幫媽媽的忙!!